Violence Action

RENJI ASAI

Obra original: SHIN SAWADA

NORMA Editorial

6

6-1

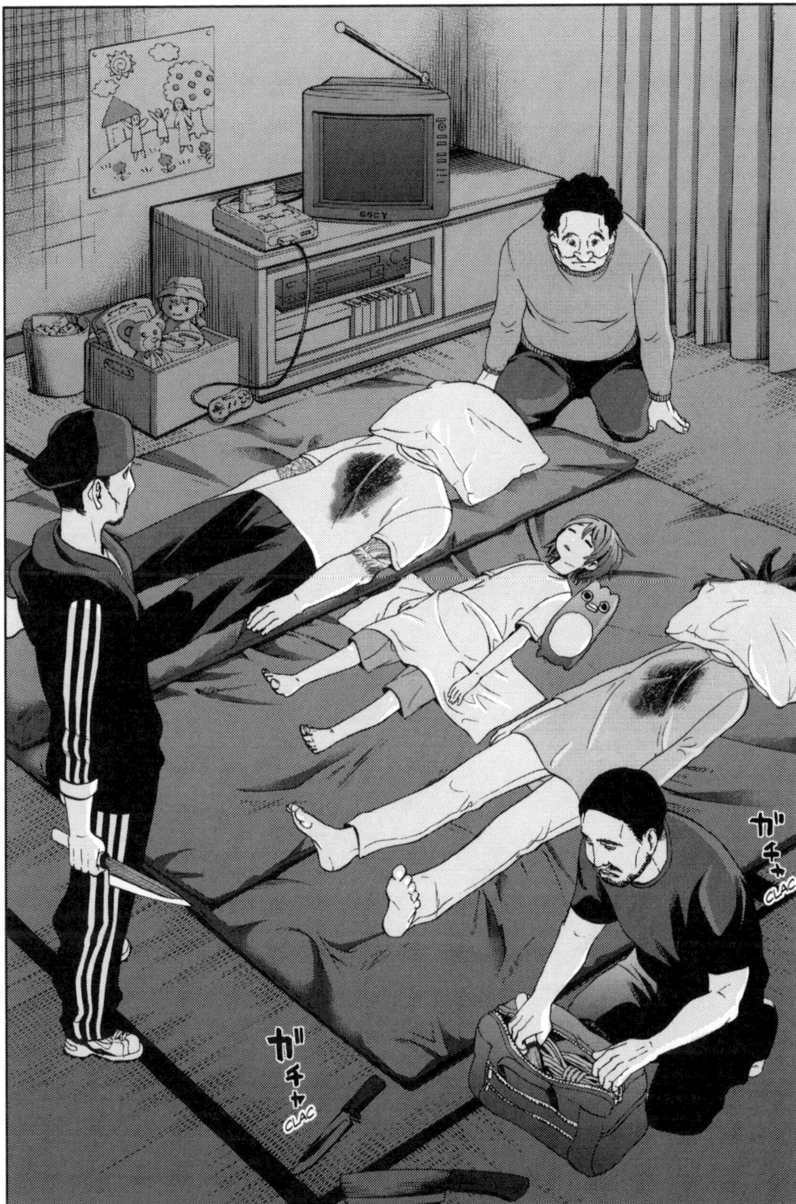
ガチャ
CLAC
ガチャ
CLAC

ゴト
CLAC
DE VERDAD...
CANTAN COMO PUTOS CANARIOS Y LUEGO SE ECHAN A DORMIR TAN TRANQUILOS.
DESPEDAZAREMOS LOS CADÁVERES EN LA BAÑERA. ID PREPARÁNDOLO TODO.
EH, FUKA...
ACABA CON LA CRÍA DE UNA VEZ.
ESPERA, HERMANO.
...
ZZZ
ZZZ

PRIMERO DÉJAME VER SI ESTÁ SOBANDO.
SOLO HAY QUE MIRARLE EL CUELLO.
PORQUE, CUANDO DUERMES, NO TRAGAS SALIVA...
PASO DE MATARLA SI NO HACE FALTA, PERO SI SOLO FINGE...
A CAS-CARLA.
QUIERO ASEGURARME.
ZZZ
¡¡LA HOSTIA, FUKA!! ¡¡QUE NO HEMOS VENIDO A PASAR EL RATO!!
BLINK
!!
HM...

¡MIRA!
ESTÁ LLO-RANDO.
CREO QUE TIENE PESADILLAS.
UH, JU... ¡JU, JU, JU!
ESTA SE VIENE CON NOSOTROS.
ZRAT
AQUELLA NOCHE ME ARREBATARON HASTA EL COLOR DEL PELO.
YA SOLO ME QUEDAN DOS COSAS...

FIOOO
MI VOLUNTAD...

FIOOO

...Y UNA BALA CON SU NOMBRE.
FIOOO

グルルル
GRRRL
GRRRL
ルル
グルル
GRRRL
キュ———…

NO ES POR MOLESTAR, PERO
ES LA TERCERA GRANJA A LA QUE VENIMOS.
YO EMPIEZO A TENER HAMBRE.

SHAAA

COME, PERO INTENTA
NO ACABARTE TODA EL AGUA.
¡JE!
JO, QUÉ NERVIOS. ES LA PRIMERA VEZ QUE TRABAJO CON UNA FRANCOTIRADORA QUE NO ES DE LA AGENCIA.
ぱく NAM
ぱく NAM
SUPONGO QUE EN TU PROFESIÓN SIEMPRE TENÉIS UN BUEN PLATO DE COMIDA EN LA MESA, ¿NO?
EHM...
ES SOLO UNA FORMA DE HABLAR. NO QUIERO SABER LO QUE COMES.
QUIERO DECIR QUE... COBRÁIS BIEN, ¿NO?
IGUAL NO ES ASUNTO MÍO, ¿VERDAD?
¿TENGO QUE RESPONDER?

LLEVO EN ESTO DESDE LOS 15.
A ESTA DISTANCIA NO SUELO NECESITAR OBSERVA-DORES.
NO, NO, CLARO QUE NO.
TE HAN ENVIADO A TI PORQUE DICEN QUE ERES BUENA.
SOLO HE CONTACTADO CON VOSOTROS PARA EVITAR SORPRESAS DE ÚLTIMA HORA.
NO PUEDO FALLAR. NO ESTA VEZ.
LLEVO DEMASIADO TIEMPO TRAS ESTA PRESA. NO TE HACES UNA IDEA DE TODAS LAS VECES QUE HE REPASADO EL PLAN EN MI CABEZA...
¿LO ENTIENDES, KEI?

...
¡SÍ!
ES LA PRIMERA VEZ QUE ME PAGAN POR MIRAR, ¡PERO NO ME VOY A PERDER NI UN DETALLE!
VENGA, A POR ELLOS...
¡SE VAN A ENTERAR!
NUG
...
SÍ, SE VAN A ENTERAR...
LES ESPERA LA MUERTE.
HICISTE LO QUE QUISISTE CONMIGO, ME CRIASTE COMO A UN PERRO, ME ENSEÑASTE A MATAR...
LO ÚNICO QUE ME HA MANTENIDO CON VIDA ES LA ESPERANZA DE TENERTE ALGÚN DÍA EN MI PUNTO DE MIRA.

VE DESPIDIÉNDOTE DE TU PLANTACIÓN DE COCA Y MARÍA. DE NADA TE HABRÁ SERVIDO ROBARLES EL TERRENO A UN PAR DE VIEJOS...
¿ME OYES, FUKAMI?
DI ADIÓS A TU PEQUEÑO REINO.
ACABARÉ CONTIGO...
...EN MEDIO DE TU PROPIA MIERDA.

ÑAC
ガリッ
¡HUY!
PER-
DONA.
...
ME
ESTÁS
DES-
CONCEN-
TRANDO.
ガリッ
ÑAC
ガリッ
ÑAC
CÉNTRATE.
NO HAS
VENIDO DE
EXCURSIÓN.
¡TENEMOS
TRABAJO!
SLURP
チュパ
SLURP
チュパ
TENGO UN
MONTÓN
EN LA
NEVERA.
¿QUIERES
UNO,
DAHLIA?
¡QUÉ
FUERTE!
¡ME HA
TOCADO
PREMIO!
...

...
MIERDA, NO CONSIGO RELAJARME.
¿DE DÓNDE HABRÁ SALIDO ESTA TÍA?
¡AH!
!
AHÍ ESTÁ.

OBJETIVO A 735 METROS.
VIENTO OESTE A 2,7 METROS.
SERÁ MEJOR QUE AJUSTE LA MIRA UN PAR DE MILÍMETROS.

ES LA HORA.
POR FIN...
...SE ACABÓ EL DOLOR.
BROM
BROM
BROM
BROOOM
!!

FRUIC
クルッ
!!
¡JE!

FRUP
FRUP
¡MIER-
DA!

スポ PLIC
スポ PLIC
スポ PLIC
スポ PLIC
...
カク TAC
カク TAC
カク TAC
カク TAC
ブル— BROOOM
...
UN PUTO DRON...
CHAC
パーー
PLAC
カタ TEKE
カタ TEKE
カタ TEKE

FRUS
ス
?!

¡¿QUÉ COÑO HACE UN LANZA-COHETES
EN MEDIO DE OKUTAMA?!

FSHUOOO
PLAC
¡¡MUÉ-VETE, KEI!!
¡¡HAY QUE ESCAPAR!!
FSHUOOO

¿ESCAPAR? ¿OTRA VEZ? ¿DE FUKAMI?
EL PASADO SIEMPRE TE ATRAPA...

TAP
TAP
TAP

BANG
BANG
BANG
CLING
CLING
BANG

BOOOM
OH...

FIOOO
HA ENCONTRADO UNA BUENA OBSERVADORA.
TRAEDLAS AQUÍ AHORA MISMO.
FSHUUU
¡¡LEVANTA DE UNA VEZ, KEI!! ¡¡TENEMOS QUE IRNOS!!
¡ESPERA!
VIENEN A POR NOSOTRAS.

!!
バシュ
PSHU
ボッ
PLEC
NOS HAN TENIDO EN EL PUNTO DE MIRA DESDE QUE HAN SACADO EL LANZACOHETES.
ME PARECE QUE NOS QUIEREN VIVAS.
EL DRON ERA DEMASIADO PEQUEÑO PARA ESTAR VIGILANDO LOS ALREDEDORES...
SABÍAN QUE ÍBAMOS A VENIR.
ME HAN ESTADO ESPERANDO MIENTRAS SE FROTABAN LAS MANOS.

¡JODEEER! ¡ESTO NO TENDRÍA QUE HABER PASADO!
YA, ¿QUÉ QUIERES QUE HAGAMOS?
¿VAMOS A POR ELLOS?
¿O NOS OLVIDAMOS?
ESTOY LISTA.
TÚ ELIGES.

6-2
TAP
TAP

TAP
TAP

GROOOM
ÑIG
ÑIG

NUNCA DUDES DE TI MISMO SI QUIERES TRIUNFAR EN LA VIDA.
OBSERVA: MI REINO SE EXTIENDE AHORA HASTA DONDE ALCANZA LA VISTA.
ÑIG
ÑIG

キュ
ÑIG
¿ALGUNA VEZ TE HE CONTADO CÓMO SE REÍAN DE MIS SUEÑOS?
NADIE CREÍA QUE PUDIERA HACER ALGO ASÍ EN MEDIO DE TOKIO.
キュ
ÑIG
POR SUPUESTO, ESO NO SIGNIFICA QUE ME DÉ POR SATISFECHO CON LO QUE TENGO.
キュッ
ÑIG
ENTONCES, CON EL TIEMPO, ACABARÉ TENIENDO UNA FRANQUICIA EN CADA BARRIO.
NO PUEDE FALTAR MUCHO PARA QUE SE LEGALICE EL USO TERAPÉUTICO DE LA MARÍA Y LA COCA.
キュッ
ÑIG
タン
TOC
MI REINO NO HA TERMINADO DE CRECER.

¡EL CAMINO ES LARGO, PEQUEÑA MÍA!
ESE LANZACOHETES NO ERA UNA COPIA CHINA PRECISAMENTE.
キュッ
ÑIGU
¡DAHLIA!
HA PASADO MUCHO TIEMPO...
ME ALEGRO DE QUE SIGAS USANDO EL NOMBRE QUE TE PUSE.
ES PARA NO OLVIDAR EL INFIERNO AL QUE ME CONDENASTE.
YO...

¡VUELVE A HABLARME ASÍ Y TE REBANO EL PESCUEZO, ZORRA!
¡¡GH!!
HMF...
¿PRETENDÍAS MATARME CON ESTO?

LO SÉ TODO, ¿SABES?
キュッ FRUC
ME REFIERO A TODAS LAS VECES QUE HAS INTENTADO ACABAR CON MI VIDA Y TODAS LAS VECES QUE HAS FRACASADO.
NUNCA HAS CONSEGUIDO PILLARME DESPRE-VENIDO.
ME HA GUSTADO VER CÓMO POCO A POCO TE IBAS CRECIENDO.
POR ESO...
...TE HE DEJADO SEGUIR CON VIDA HASTA AHORA.
キュッ ÑIG
EL PROBLEMA ES QUE TUS TONTERÍAS HAN DEJADO DE TENER GRACIA.
EN SERIO, ¿CÓMO SE TE OCURRE TRAER A UNA AMI-GA?
チャッ ÑIG

ガチャン
CLAC
AH...
JIA,
JIA, JIA,
JAAA...
JIA,
JIA...
ES
MARAVI-
LLOSO...
LA HIJA
PRÓDIGA
VUELVE AL
HOGAR CON-
VERTIDA EN
UNA LUCHA-
DORA.
BUF...
TE PER-
DONO.
CLARO
QUE TE
PERDONO.
HOY
ES UN DÍA
FELIZ.
...
AHORA,
QUÍTATE EL
CHALECO.

ドサ
FRUC
カチャ
FRUC
PLOC
ドミャ
ババッ
ZUUUM

PLIC
びく
SERÁ MEJOR QUE AJUSTEMOS CUENTAS PARA QUE PODAMOS VOLVER A EMPEZAR.

NO QUIERO HACERLO.
TÚ ME HAS OBLIGADO A ESTO,
DAHLIA.
NO LO HAGAS...
NO...
PLIC
!!
AH...
NUESTRO TRABAJO ESTÁ MÁS ALLÁ DEL BIEN Y DEL MAL.
AH...
SIN EMBARGO, NO HAY RAZÓN EN ESTE MUNDO QUE PUEDA JUSTIFICAR QUE UNA HIJA SE VUELVA CONTRA SU PADRE.

NO ME OBLIGUES A MATARTE.
YO TE PERDONO.
TEKE
TEKE
TEKE
TE EXCULPO DE TUS PECADOS.
AFH
ARF
DEJA QUE CUELGUE DE TU CUELLO LA MÁS HERMOSA GARGANTILLA A MODO DE RECUERDO.
PODRÍA APRETAR UN POCO MÁS FUERTE SI QUISIERA...
RIIIC
...PERO NUNCA SE ME OCURRIRÍA.
¡AH!
NO QUIERO SEGUIR CORTANDO.
ASÍ QUE NO ME OBLIGUES A HACERLO.
¿NO VES QUE TE QUIERO,
DAHLIA?

ト
TOC
LO...
SI...
SI...
EN...
DO...

¡LO SIENDO MUCHO!
¡DODO HA SIDO CULPA MÍA!
YA HA PASADO.
SOLO HA SIDO UNA CHIQUILLADA.
CADA VEZ QUE ME OBLIGAS A HACERTE DAÑO, YO TAMBIÉN SUFRO.
¡BUEEEH!
¡BUEEEEH!
ESTÁS EN CASA...

¡AHÍ VA!
TÚ DEBES DE SER LA OBSERVADORA A LA QUE HA CONTRATADO DAHLIA. PERDONA, SUELO SER MÁS ATENTO CON LAS VISITAS.
¿CÓMO TE LLAMAS?
HUY...

RIC
TE HE PREGUNTADO TU NOMBRE.
...
HOLA, KEI.
YO SOY FUKAMI.
KEI...
PERO PUEDES LLAMARME FUKA.

DEJA QUE TE LO EXPLIQUE, KEI...
MI NEGOCIO ESTÁ FLORECIENDO.
Y TÚ PUEDES AYUDARME A QUE CREZCA FUERTE Y SANO.
NECESITO QUE ME HABLES DE LA GENTE PARA LA QUE TRABAJAS: DÓNDE ESTÁIS, CUÁNTOS SOIS, HASTA DÓNDE LLEGAN VUESTROS RE-CURSOS, ESAS COSAS. ¡OH! Y, POR SUPUESTO, TODO LO QUE SABÉIS SOBRE NOSOTROS.
DAHLIA...
VEN A HACERLE COSQUILLAS A KEI.
OH, ANTES DE QUE SE ME OLVIDE...

SOMETER AL SER HUMANO HASTA CONVERTIRLO EN UNA BESTIA ES UNO DE LOS GRANDES PLACERES DE ESTA VIDA.

DUUUSH
ゴッ
DUUUSH
ゴッ
DUUUSH
ゴッ
ガッ
CLANG
ゴッ
DUUUSH

AH...
AFH...
AFH...
ARF...
¿SIGUE SIN DECIR NADA?
CÓRTALE LAS TETAS.
PÁSALAS POR LA SARTÉN
Y QUE SE LAS COMA.

¿A QUÉ VIENE ESA CARA?
¡AH!
¡VENGA!
BLOP
BLOP
DUSH
¡¡NO TE ATREVAS A SONREÍR!!

¡¡HE DICHO QUE BASTA!!
DULILISH
DAHLIA,
CÓGELA.
PLOC
CHAC
PLIC
DÉJALO, POR FAVOR...

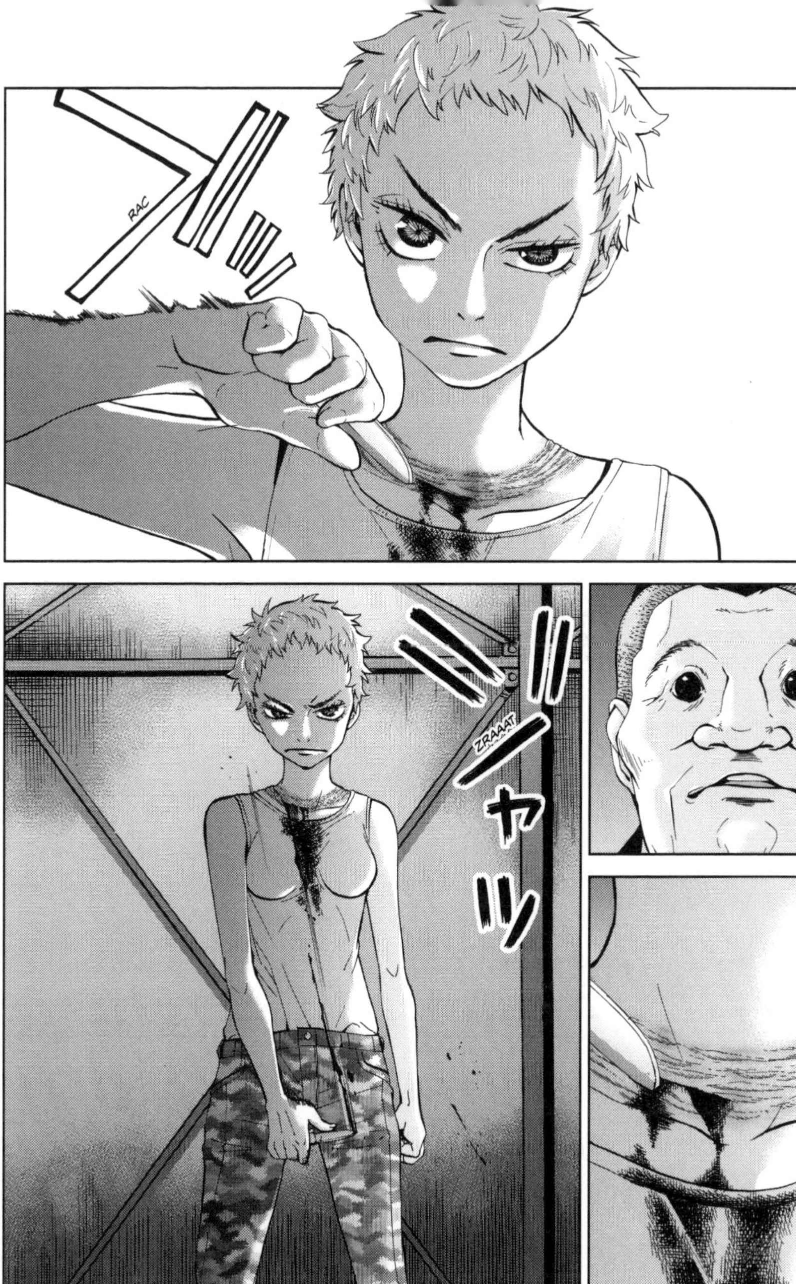
RAC
ZRAAAT

カン
CLEC
カラン
CLEC
TE PUEDES IR A TOMAR POR CULO.
キン
CLEC

PLAC
ÑIIIG
!!
KEI...
PLIC
ポス
¿NOS VAMOS YA?

6-3

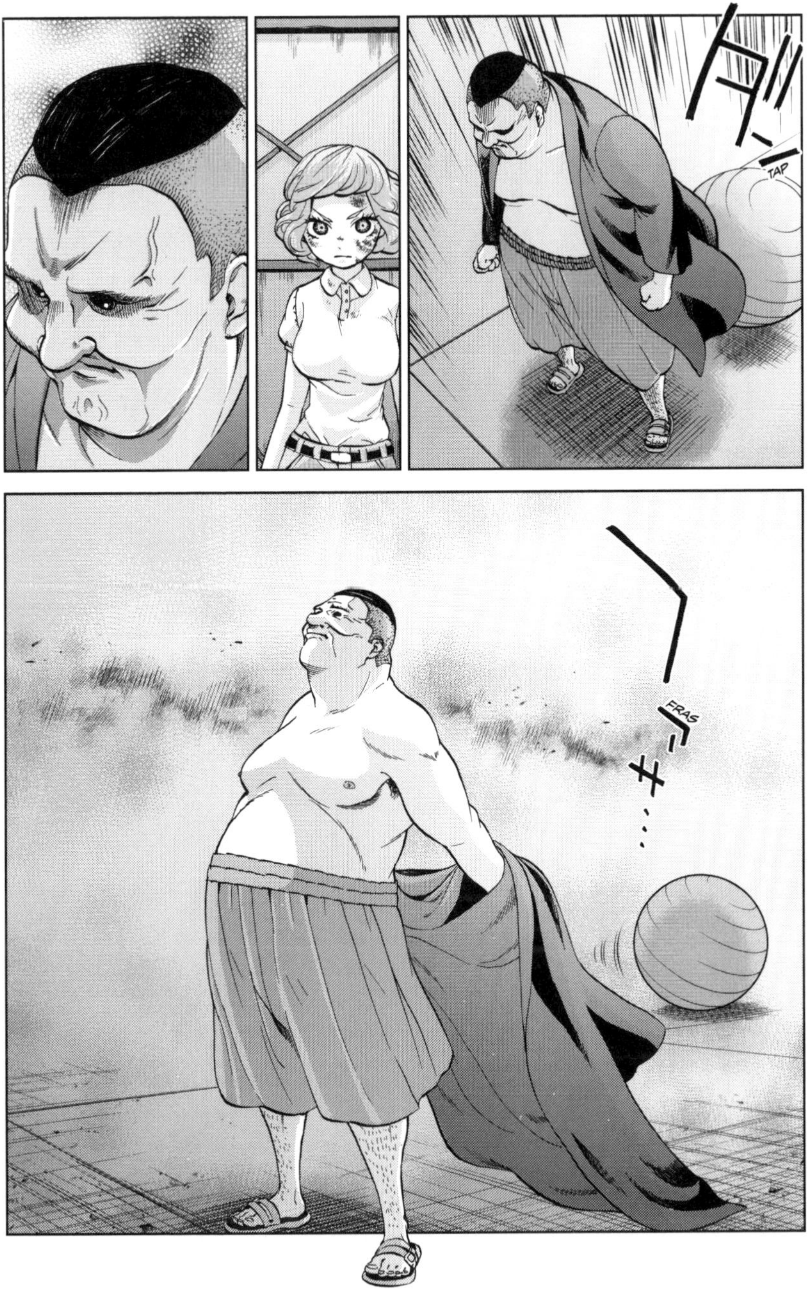
TAP
FRAS

¡QUE ME JODAN...
...SI LA PERRA NO ESTÁ INTENTANDO ZAFARSE DE LA CORREA!
LA LIBERTAD SOLO SE CONSIGUE POR LA FUERZA,
DAHLIA.
POR FIN HA LLEGADO EL DÍA EN EL QUE ME MIRAS A LOS OJOS.

ENSÉÑAME ESOS PUÑOS.
ESTO NO ME GUSTA, JEFE. ESTÁN MUY TRANQUILAS.
NO SABEMOS QUÉ HACE AQUÍ CON LA OTRA TÍA.
MEJOR LES PEGAMOS UN TIRO Y ACABAMOS CUANTO ANTES.

DUUUSH
TAP
¿QUIÉN HA PEDIDO TU OPINIÓN?
RUC

DUSH
DUSH
DUSH
A MÍ NADIE
ME RESPONDE...
...SI NO PREGUNTO
YO PRIMERO.
CIERRA LA PUTA BOCA.
DUSH
NO QUIERO
TU OPINIÓN.
GROOOM
UF...
BUF...
AH...
ME TOCA LOS COJONES CUANDO UN PERRO SE VUELVE CONTRA SU AMO.
FUKAMI...

DEJA DE LADRAR.
...
UN PASO EN FALSO Y OS VUELO LA TAPA DE LOS SESOS.
TAP
CUANDO ME CANSE DE MOLERTE A PALOS, TE HARÉ LAMERME LOS DEDOS DE LOS PIES HASTA QUE VOMITES.
¡HOY VAS A DESCUBRIR QUE SOLO ERES UN COÑO BARATO!

DULLLSH

CREC

PLONC
TAP
¡AY!
HA SIDO SIN QUERER. ME HA SAL-PICADO LA SALIVA Y DE REPENTE...
FSHUUU

JO-DER...
¡JEFE!
JE-FE...
¿A QUÉ HOS-TIAS
ESTÁIS ESPE-RANDO?
NO PUEDE SER...
¡CARGAOS A ESAS ZORRAS!

FSHUUU...
AH...
FSHUUU...
AY, ESTO SÍ QUE ES AIRE FRESCO.
NADIE DIRÍA...
...QUE SEGUIMOS EN TOKIO.
TIENE SU ARTE LO DE CONDUCIR UNA CARAVANA.
A VER SI ME ACOSTUMBRO...
¿SIGUES AHÍ, ZURA?
...
ESTO NO ME GUSTA.
ZRAS

ZRAS
FLIS
HACE TIEMPO QUE TENDRÍAN QUE HABER VUELTO.
...
WATA-NABE,
IRÉ A ECHAR UN VISTAZO A LA PLANTACIÓN. NO TE MUE-VAS DE AQUÍ.
¡¿EH?!
¡YO TAM-BIÉN VOY! ¡QUIERO AYUDAR!
¡ESTO NO ES UN JUEGO!
MOOOC
MOOOC
!
MOOOC
MOOOC
¿UNA SIRENA...?

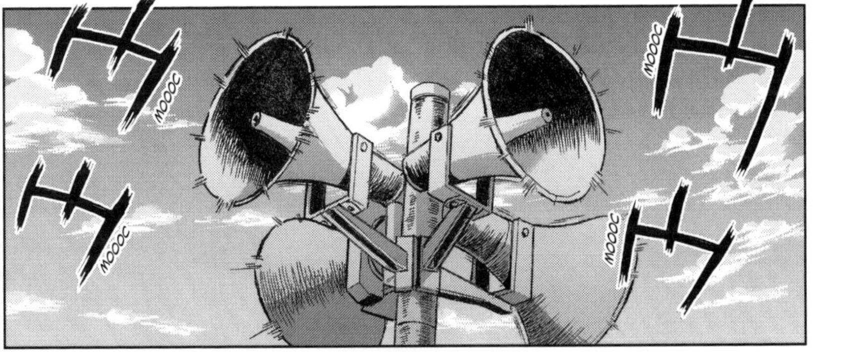
MOOOC
MOOOC
MOOOC
MOOOC

ドン
BOOOM

ZRAS
ZRAS
ARF...
MOOOC
AFH...
AH...
MOOC
AFH...
ARF...
MOOOC
!!

¡JE-FE!
ESTE ERA MI SUEÑO...
¡MI SUEÑO!
ZRAS
ZRAS
¡JE-FE!
¡MI PUTO SUE-ÑOOO!
MOVED EL CULO, HOSTIA.
FSHUUUU
¡LAS QUIERO MUERTAS!
FSHUOOO
CLAC
FSHUOOO

FSHUOOO
PLIC

FSHUOOO
UNO...

TAP
TAP
TAP
CUATRO.
TAP
TRES...
TAP
TAP
DOS...
TAP
TAP

RA-TA-TA
ZRAS
ZRAS
ZRAS
ZRAS
ZRAS
BANG
TAP
TAP
ZRAT
ZRAT
ZRAT
¡CUATRO!

ZRAT
ZRAT
ZRAT
ZRAT
ZRAS
BANG
...
CINCO...
PSHU
Y SEIS.
ZRAT
ZRAT

BANG
ZRAT
ZRAT
ZRAT
ZRAT
¡MÍO!
¡AH!
¡AAAAH!

AFH...
AH...
ZRAS
ZRAS
ZRAS
ZRAS
ZRAS
PLIC
ZRAS ZRAS
ZRAS
ZRAT
¡APÓYATE EN MI HOMBRO!
ZRAT
ZRAT

BANG
FSHUOOO
AH...
ARF...
ARF...
AAAAH... AH...
¡NGH! AH...

AH...
AH...
AH...
...
JI, JI...
HAS CRECIDO MUCHO, DAHLIA.
LADRA Y DEJARÉ QUE TE VAYAS.

FUKA...
VENGA.
ESTOY ESPE-RANDO.
GUAU, GUAU.
...
GUAU.

BANG
タタン

FSHUOOO
FSHUOOO
¡Y AHORA ENCIMA ME TOCA A MÍ QUEMAR LA MIERDA!
FSHUOOO
TAP
TAP
¡SI AQUÍ HA MUERTO HASTA EL APUNTADOR, JODER!
¡HAY QUE SER GILIPOLLAS PARA PREOCUPARSE POR VOSOTRAS!
¡LA VIDA ES MARAVILLOSAAA! ¡JU, JU, JU...!
!!
¡¡SE HA COLOCADO!!
FSHUOOO
KEI...
TEN.

¿CREES QUE NOS DARÁN EL PREMIO AUNQUE SE HAYA ROTO?
ゴソ
FRUG
PREMIO
MIRA.
PREMIO

GROOOM
YA.
GROOOM
¿QUÉ QUIERES QUE HAGAMOS?
ESTOY LISTA.
TÚ ELIGES.
CHAC
スチャ
NO LOS VEO CON MUCHA PRISA POR MATAR-NOS.
IGUAL ACABAMOS ANTES SI DEJAMOS QUE NOS CAPTU-REN...
EN UN CUERPO A CUERPO SERÁ MÁS FÁCIL ASEGURAR-NOS DE QUE TODOS MUEREN.

CLAC
YO PUEDO ENCARGARME DE TODO SI QUIERES.
¿EH? ¿QUÉ HA-CES?
NO IRÁS A PEGARTE UN TIRO, ¿NO?
FRUUUM
EN SERIO, PUEDO CON ELLOS.
TE PROMETO QUE VOL-VEREMOS A CASA SANAS Y SALVAS.
...
TENGO MIEDO.

ME PONGO A TEMBLAR CADA VEZ QUE LO MIRO A LOS OJOS.
CUANDO LO TENGA DELANTE, NO SÉ LO QUE VA A PASAR...
NI UN SOLO DÍA HE DEJADO DE SENTIR ESE MIEDO.
PREMIO
...
¿EH?
ME HA SALIDO EN EL HELADO DE ANTES.
TE LO REGALO.
LUEGO IREMOS JUNTAS A LA TIENDA A CAMBIARLO, ¿VALE?

¿Y SE SUPONE QUE ESO DEBERÍA ANIMARME A SEGUIR CON VIDA?
ERES PATÉTICA...
¡¿QUÉ?!
ちっ ¡MIH!
¡JODER CON LA BORDE!
ちっ ¡MIH!
¡CUÁNTO DESAGRA-DECIDO HAY EN EL MUNDO!
...
¿CÓMO PUE-DES
SOPOR-TARLO...?
...
PORQUE HOY ES MI DÍA DE SUERTE.

PREMIO

ZRAT
PREMIO
ZRAT
ZRAT
Violence Action

7

ESCUELA DE NEGOCIOS ILM
AH... NECESITO 50 000 YENES.
MEJOR 60 000, POR SI ACASO.
PLIC
PLIC
Y UNA MOTO PARA IRME DE RUTA POR SHIKOKU...
ÑUG
...
¿A TI QUÉ TE PASA?
¿TE ESTÁS ARREPINTIENDO DE HABER COMPRADO ESA BIRRIA DE CAMISETA?

¿POR QUÉ TE HAS ENFADADO?
YO NO ESTOY ENFADADA.
ピルルルルル
TIRORÍ TIRORÍ
KEI...
TIENES TRABAJO. VEN AQUÍ AHORA MISMO.
ゴト
TOC

¿AHORA?
ES QUE NO PUEDO...
¿YA ESTÁS OTRA VEZ EN EL KARAOKE?
TOC
HAY COSAS MÁS IMPORTANTES EN LA VIDA. DATE PRISA.
¡QUE NO PUEDO IR! ¡ADIÓS!
¿ESTÁS SEGURA DE QUE NO PUEDES?
MUY BIEN. EN CINCO SEGUNDOS...
...EMPEZARÉ A ODIARTE CON TODA MI ALMA.
TRES...
DOS...

BANG

BANG

...
¡NOOO!
LAVANDERÍA EL CIERVO DE LA COLINA
ES QUE ESTABA DESPEDA-ZANDO UN CIERVO...
...Y DE REPENTE HE EMPEZADO A SANGRAR POR LA NARIZ.
Yシャツ
120円
650
780
680
250
210
150

¿ADÓNDE CREES QUE VAS CON ESA HISTORIA?
COMO EXCUSA DEJA MU-CHO QUE DESEAR.
BUENO... ¿PUEDE QUITAR LA SANGRE?
YA LO HAS INTENTADO LAVANDO Y PLANCHANDO DESPUÉS, ¿NO?
AQUÍ NO HACEMOS MILAGROS.
¡SE SUPONE QUE USTED ES EL PROFE-SIONAL!
¡Y PARA ESO HAY QUE SER REALISTA!
ROC
ROC
ROC
ROC

NUESTRA SIGUIENTE BOLITA DE PELO Y AMOR SE LLAMA KOTETSU.
ES UN AZUL RUSO Y TIENE TRES AÑOS.
KOTETSU

チャ TAC
カ TAC
カ TAC
カ TAC
カ TAC
ガ TAC
ジャコ SHAAAC
ガ PLIC
ガ TAC
ガ TAC
カ TAC
カ TAC
ガ TAC
ガ TAC
ガ TAC

チャカカカ
TCHAC
ガ
TAC
カ
TAC
カ
TAC
ガ
TAC
カ
TAC
ガ
TAC
ガ
TAC
ガ
TAC

LOS SUEÑOS MÁS PEQUEÑOS...
TAC
TAC
TAC
TAC
TAC
TAC
TAC
...SON LOS QUE NOS MANTIENEN A FLOTE.

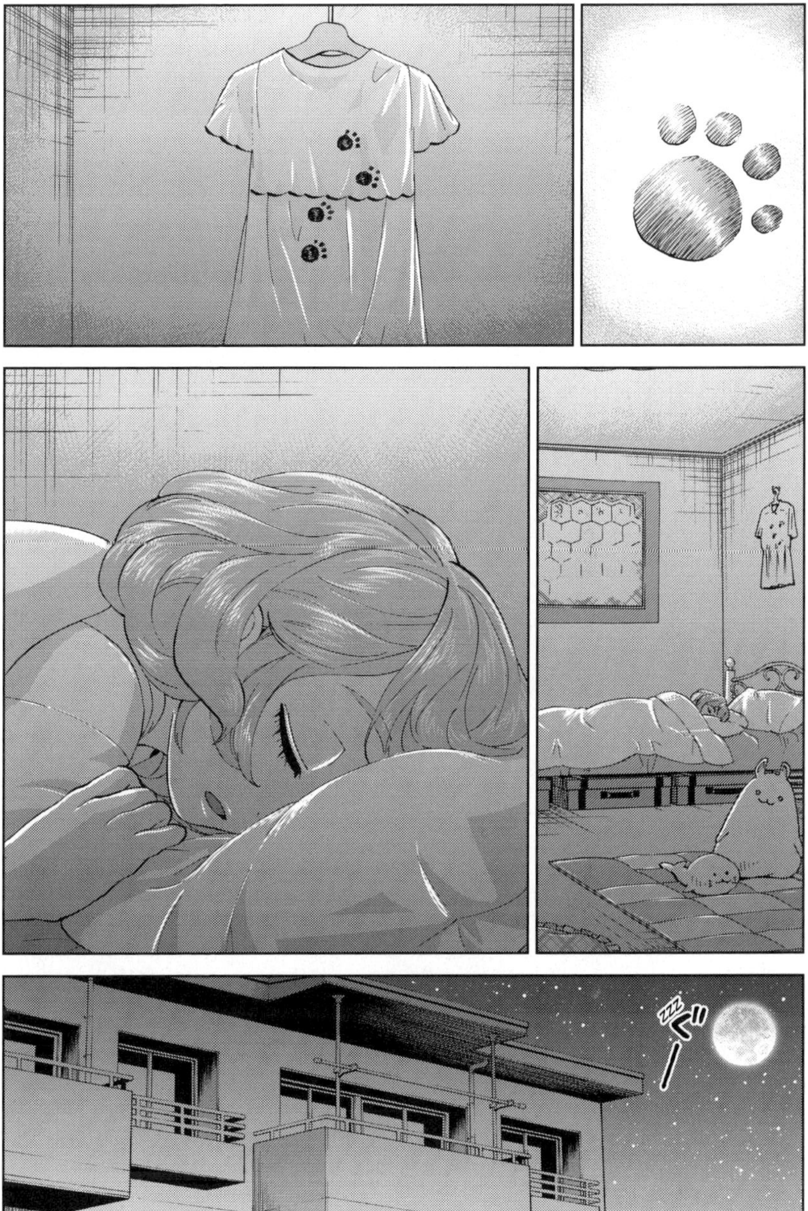
zzz
ぐー

8

¡ASÍ! ¡ASÍ! ¡A VER ESA PRECIOSA SONRISA...!
¡AHORA DEJA SALIR EL AIRE POCO A POCO!
¡MUY BIEN, MUUUY BIEN!
IIIGH...
8-1
CHAS
パシャ
CHAS
パシャ
CHAS
パシャ
CHAS
パシャ
¡HEMOS ACABADO!
TE BORRAREMOS LA CICATRIZ DEL CUELLO CON PHOTOSHOP.

SI NO PARECES UNA DE ELLAS, YA TE PUEDES OLVIDAR DE CONSEGUIR TRABAJO EN ESTE NEGOCIO.
PUEDE QUE SE TRATE DE UNA MALDICIÓN, PERO ES MÍA.
Y PIENSO VIVIR CON ELLA HASTA EL FIN DE MIS DÍAS.
HACEDLO Y OS MATO.
¡TÚ A MÍ NO ME DAS ÓRDENES!
¡Y ESOS BOLLITOS TE LOS PUEDES METER POR...!
TOMA, BOLLITOS.
¡ES VOMITIVO!
¡¿A QUIÉN COÑO SE LE OCURRIÓ LA PATÉTICA IDEA DE HACERNOS PASAR POR CHICAS DE COMPAÑÍA?!
LOS VENDEN EN LA ESQUINA.
¡HUM! PUES ESTÁN BUENOS...
VAMOS A TRANQUILIZARNOS, DAHLIA.

Demy's
Restaurante
¿TE ABURRO?
?
QUE SI TE ABURRO
CON MI ROLLO DE RECONOCER UN ARMA POR LAS HERIDAS QUE DEJA.
SLUUUURP
ズゾー
NO, NO ES ESO...
O IGUAL SÍ...
NUNCA HABÍA IDO
A TOMAR UN CAFÉ CON ALGUIEN.

BUENO, PIENSA EN ELLO COMO ALGO NATURAL.
COMO... QUE HAYA MESAS REDONDAS.
O QUE LAS TAZAS DE CAFÉ TAMBIÉN LO SEAN.
ASÍ COMO COSAS CORRIENTES.
¿POR QUÉ ESTAMOS HABLANDO DE COSAS REDONDAS?
...
NO ESTAMOS HABLANDO DE COSAS REDONDAS.
NO LE VEO LA GRACIA.

SE HA QUEDADO BUEN DÍA.

*"REY" EN EL *SHÔGI*, UN POPULAR JUEGO DE AJEDREZ JAPONÉS.

¡A...
FOOO...
伝馬組

OOOOOR...
...MAAR!

ポン
PLAS
ASÍ ME GUSTA.

...
WIIIN
OS QUIERO A TODOS EN FILA. JUSTO AQUÍ.
FRUC
PLAS
PLAS
PLAS
PLAS
¡VAMOS, NO TENGO TODO EL DÍA!
EL TIEMPO ES ORO, QUERIDOS MÍOS.
TAP
UGH...

¡DIREEE!
TAP
CUÉNTAME, RIN.
ESTÁ HACIENDO TRAMPA. NO SE QUIERE LEVANTAR.
YA LO VEO.
¿SERÁ PORQUE ESTÁ MUERTO?
POC
...

RIC
RIC
RIC
RIC
CAAALMA...
RIC
FRUC
NECESITAMOS A ALGUIEN QUE SE ASEGURE DE QUE NADIE NOS ENGAÑA.
NO SÉ QUÉ HARÍAMOS SIN TI.

VALE.
¿YA ESTÁ?
SÍ, YA ESTÁ.
JE, JU, JU, JU...
ゴッ
DUUUSH
!!
ドゴ
PLOC
FLIP
フッ

一松会
神田組
UGH...
TU FUERZA NUNCA DEJARÁ DE SORPRENDERME, REI.
PERO HAY QUE PEDIR PERMISO ANTES DE PEGAR A LA GENTE.
FLAP
¡JI, JI, JI!
PROSIGAMOS.

YA ESTÁN AQUÍ TODOS LOS VIVOS, ¿VERDAD?
MUY BIEN.
HEMOS VENIDO
PARA HACEROS UN PAR DE PREGUNTAS RÁPIDAS.
¿PREGUNTAS?
¿QUÉ PREGUNTAS?
¿NO HABÉIS VENIDO A REPARTIR HOSTIAS Y LLEVAROS LA PASTA?
¿QUIÉNES SOIS?
¿DE VERDAD QUIERES QUE NOS PRESENTEMOS TODOS?
Y UNA MIERDA.

NO ME APETECE JODERME LA VIDA.
SOLO ME FALTABA ESO, QUE SEPAS QUIÉN SOY PARA IR A POR MI FAMILIA...
ASÍ NO SE PUEDE TENER HIJOS, ¿SABES?
スィ
ZUIIIN
ピタ
FLIP
¿QUÉ?

HMF...
CREEEC

CLOC
FRUM
¡¡///GH...!!
UNO: SI QUERÉIS HABLAR, PRIMERO LEVANTAD LA MANO.
DOS: SI OS APUNTO CON EL DEDO, ESTÁIS MUERTOS.
...
RUC
ADELANTE.
FLIP
¡¡AH!!

PLACH
...
伝馬組
ビィイイィーン
WIIIN

¿EH?
¿EH? PERO...
¿QUÉ HA PASADO? ¿QUÉ? ¿QUÉ...?
¿EH...?
ぺたん
PLOC
伝馬組
AH...
EHM...
I-I-I-IH...
JO-DER...
JODER, JODER...

FRUP
ス…
EL DEDO…
DÉJELO QUIETO, ¿VALE?
ADELANTE.
¿ES USTED EL JEFE?
SÍ, SEÑOR.
SI NO ME EQUIVOCO, QUERÍA PREGUNTARNOS ALGO…
¡AH!
SÍ, CIERTO. ¡CIERTO!
¡¡ESE DEDOOO…!!
CASI SE ME OLVIDA…

¿DÓNDE ESTÁ EL ALMACÉN DE LOS PECADORES?
¿EL ALMACÉN...?
SÍ, EL ALMACÉN.
ESE LUGAR DONDE ENCERRÁIS A LA GENTE QUE ROMPE VUESTRAS NORMAS...
LA PRISIÓN DE LA YAKUZA.

NECESITO SABER DÓNDE ESTÁ.
EH, EH...
ES-PERE.
CUALQUIER GRANUJA DE MEDIO PELO SE LO PODRÍA DECIR.
¿POR QUÉ NO SE LO HABÉIS SACADO A HOSTIAS AL PRIMER CAPULLO QUE ENCONTRARAIS POR LA CALLE?
...
¿EN SERIO?
PUES VAYA, DIRE...
¡¡POR TODOS LOS...!!
¡JODER!

¡¿QUIÉNES SOIS?!
¡JODEEEER!
¡¿QUIÉNES SOMOS?! ¡¿QUIÉNES SOMOS?! ¡¿QUIÉNES SOMOOOS?!
FLIP
!!

くるんっ
ZUIIIN
WIIIN
CLOC
CLOC
POM
DUSH

FIOOO
EL HOMBRE DEL SACO, QUE HA VENIDO A BUSCAROS.

SONTORY WHISKY
OTO 音
SONTORY WHISKY

SPLOCH
パッ

伝馬組
MENUDA MIERDA...
ESTÁIS COMO PUTAS CABRAS.

RUUUC
EHM, ¿SABÉIS DÓNDE VENDEN CIGA-RRILLOS ELECTRÓ-NICOS?
A VER SI DEJO DE FUMAR... ¿TENÉIS AGUA?
¿QUÉ? ¿ME VAIS A MATAR O SIGO ESPE-RANDO...?

FIOOO
BSSS
FIOOO
BSSS
NO, CLARO QUE NO...
EN BLANCO...
QUIERO EL PUTO CIGARRILLO EN BLANCO...
¿VAMOS?
TENEMOS QUE ENCONTRAR A ALGÚN CAPULLO Y APALIZARLO EN UN CALLEJÓN PARA QUE NOS DIGA DÓNDE ESTÁ ESE SITIO.
RUC
NOS ESTÁN ESPERANDO.

8-2
キュル
ROC ROC
♪
HMF...
HMF...
ル
ROC
ル
ROC
HMF...
ル
ROC
HMF...
ル
ROC

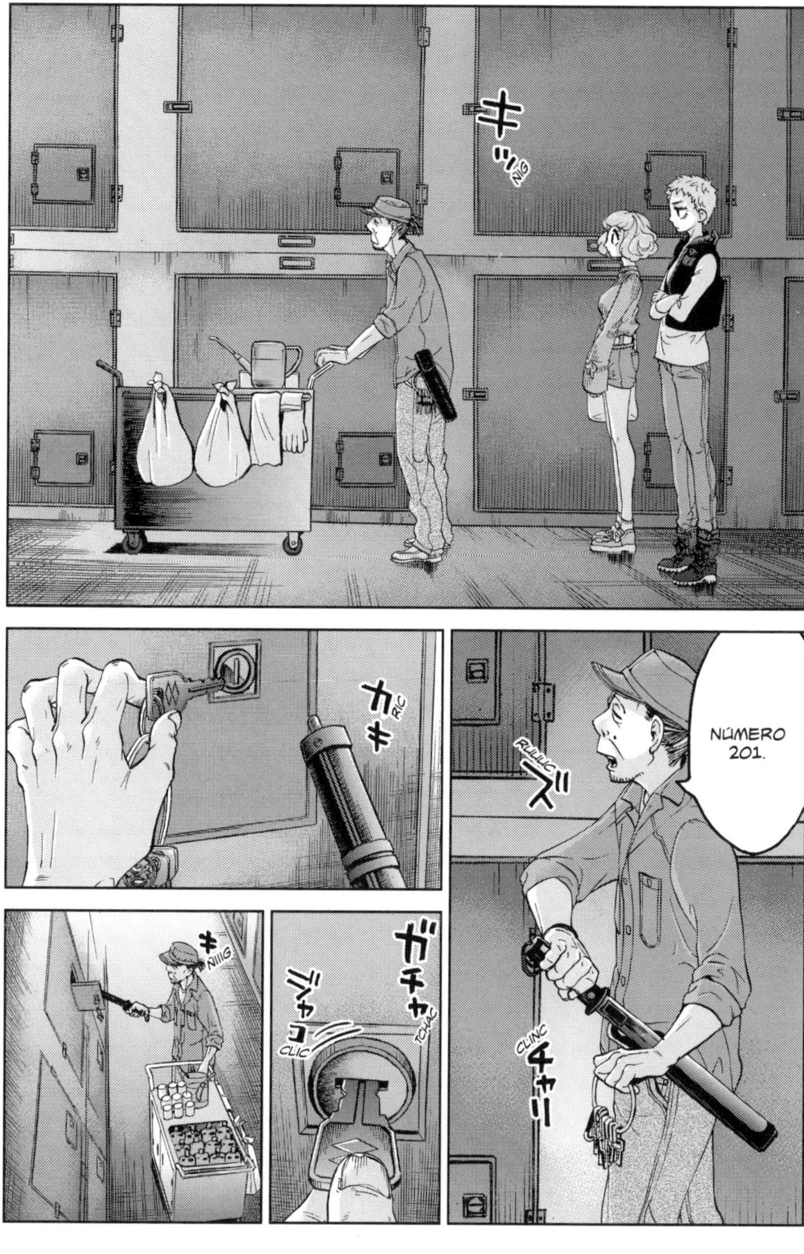
キッ
NIG
NÚMERO 201.
ズ
RUUUC.
チャリ
CLINC
カキ
RIC
ガチャ
TCHAC
ジャコ
CLIC
キ
NIIIG

ÑIIIG
¡AAAH!
CROC
TRÁGA-
TELAS.
RAAAC

GLUP
A VER, ABRE DE NUEVO.
FLAS
ASÍ ME GUSTA.
FLOS
¿ME PASAS LA BASURA?
AQUÍ TIENES LA CENA.
ENERGY ON
SALIDA DE EMERGENCIA
Y, COMO TE HAS PORTADO BIEN, UNA TOALLITA HÚMEDA DE REGALO.
¡UUUNGH!
(GRACIAS, AMABLE CABALLERO.)

NÚMERO 202.
ROC ROC
KEI...
¿QUÉ HARÍAS SI TE DIJERAN QUE TIENES QUE PASAR EL RESTO DE TU VIDA AQUÍ METIDA?
SMUF
SMUF
¿CON ESTE OLOR?
AH...
SMUF
SMUF
NO SÉ, SUPONGO QUE AL FINAL ME ACOSTUMBRARÍA.
...
HAY UNA ABIERTA...
¿Y ESO?
LA VACIAMOS AYER MISMO.
PODÉIS MIRAR SI QUERÉIS.
POC
POC
POC
¡GHAAAA...!
NIIIG
NIIIG

¡NO PUEDO MÁAAS!
¡MUERTEEE!
¡SACADME, SACADME, SACADME!
¡SACADME DE AQUÍII!
¡MUERTE, MUERTE, MUERTE!
¡ES EL INFIERNO!
¡QUE ALGUIEN ME SAQUE DE AQUÍ!
¡MUERTE, MUERTE, MUERTE, MUERTE!
¡QUIERO SALIIIR!
¡QUE ALGUIEN ME MATE DE UNA PUTA VEZ!
MUERTE MUERTE MUERTE MUERTE MUERTE
MATADME MATADME MATADME MATADME
JODER...
...
YO CREO QUE ME LAS PODRÍA APAÑAR PARA VIVIR BASTANTE BIEN.
¿TE HAN DICHO ALGUNA VEZ QUE ESTÁS COMO UN CENCERRO?
¡¿POR QUÉ?!
キュル
PLOC
ESTE NO ES UN LUGAR PARA VIVIR, SEÑORITAS.

キュル
ROC
ル
ROC
ES UN LUGAR PARA MORIR.
...
ES QUE SOLO LE FALTA WIFI...
EL ALMACÉN DE LOS PECADORES...

AQUÍ TENEMOS A LA GENTE QUE NOS HA JODIDO DE LO LINDO.
NOS APROPIAMOS DE SUS IDENTIDADES Y ASÍ AL MENOS SE PAGAN LOS GASTOS DE MANTENIMIENTO.
フロアご案内
PODÉIS PENSAR EN ESTE SITIO COMO UNA PRISIÓN PRIVADA PARA LOS MIEMBROS QUE HAN DEJADO DE SER ÚTILES A LA CAUSA Y SOLO SIRVEN PARA GANAR UN DINERILLO.
SALUDAD, CHICOS.
SON LAS SUBCONTRATAS DE SEGURIDAD. ME HAN DICHO QUE SON BUENAS.

...
ギロ
HM...
ESTÁN ENCANTADOS DE VERNOS, ¿EH?
LO SIENTO, SEÑORITAS.
ALGUNOS DE ELLOS YA HAN TENIDO ENCONTRONAZOS CON VUESTRA EMPRESA.
TAP
!
TAP
TAP
EH, TÍA...

¿ES CIERTO QUE LE DISTE UNA PALIZA A MICHITAKA?
?
PUES...
TAP
VENGA YA...
TAP
¡¿ESA MUÑEQUITA HA SACUDIDO A MICHITAKA?!
MENUDO MONSTRUO.
SHOF
SHOF
SHOF
¡JODER! ¡YO NO QUISIERA ENCONTRÁRMELA APUNTÁNDOME CON UNA PIPA!

HAN DICHO QUE AQUÍ NOS DARÁN LOS DETALLES DEL TRABAJO.
A NOSOTROS NOS HAN MANDADO PARA PROTEGER LA PRISIÓN...
ES TODO LO QUE SABEMOS.
BUENO, Y QUE VENDRÍAIS A ECHAR UN CABLE.
...
LE HA PASADO ALGO AL CLAN TENMA. Y NO SON MOCO DE PAVO, YA ME ENTIENDES...
NO HAN DICHO NI UNA PALABRA MÁS.

¿DÓNDE PODEMOS ENCON-TRAR AL QUE HA ORGANI-ZADO TODO ESTO?
...
DUUUM
GROOOM
?!!

GROOOM
GROOOM
!!
¡¡ES MICHI-TAKA!!
CREO QUE ESTÁ LLAMANDO... ¡¡ABRIDLE!!
RAAAC
ドゴオオン
TAP
ダッ

TAP
TAP
TAP

...
AH...
¡BUENOS DÍAS, MICHITAKA!
¡¡BUENOS DÍAS, MICHI-TAKA!!
¡A LAS BUE-NAS!
¡ESO!
¡A LAS BUE-NAS!
¡¡BUENOS DÍAS, MICHITAKA!!
!!
PLAC

SON LAS ARMAS.
QUE NO OS LAS QUITEN DE LAS MANOS NI MUERTOS.
...
LOS MUY CABRONES HAN APROVECHADO QUE ESTABA DE VIAJE.
SE HAN CARGADO AL VIEJO Y EN ESTOS MOMENTOS SE DIRIGEN HACIA AQUÍ.
ESO NO CAMBIA EL HECHO DE QUE SIGÁIS RINDIENDO VASALLAJE A LA FAMILIA.

LA MAYORÍA DE VOSOTROS NO LLEGARÁ VIVO A LA CAMA.
HAY QUE VENGAR AL JEFE. SI LA VAIS A PALMAR, QUE SEA HACIENDO RUIDO.

...
TAMBIÉN OS PODÉIS PEGAR UN TIRO AHORA MISMO CON LO QUE HE TRAÍDO.
PERO, SI LO HACÉIS, LA TORTUGUITA QUE TENÉIS EN CASA PAGARÁ LAS CONSE- CUENCIAS.
SI NO TENÉIS TORTUGA, IRÉ A POR VUESTRA MADRE O VUESTRA ABUELA...
EHM, SEÑOR MICHITAKA...
¿PODRÍAMOS ABREVIAR?
¿TE ATRE- VES A INTE- RRUM- PIR- ME...
...MIEN- TRAS HA- BLO?
ELIMI- NADO.

HOLA, ZORRA.

¡SIGUES VIVO! ¡QUÉ FUERTE!
¿DE QUÉ ESTÁS HECHO?
ERES UNA PASADA...
PLIC
ストン
MIRA.
TE HE CON-TRATADO PORQUE SÉ QUE ERES BUENA.
HAY QUE PENSAR CON LA CABEZA.

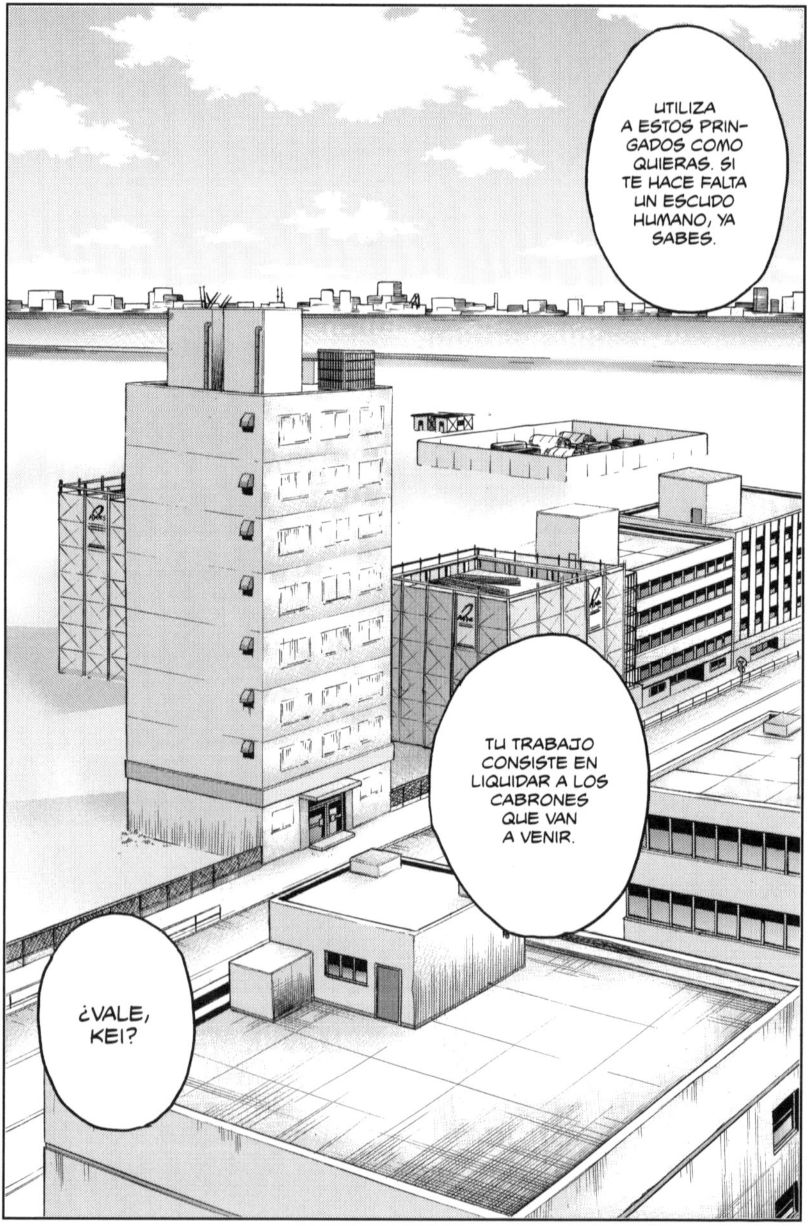
UTILIZA A ESTOS PRINGADOS COMO QUIERAS. SI TE HACE FALTA UN ESCUDO HUMANO, YA SABES.
TU TRABAJO CONSISTE EN LIQUIDAR A LOS CABRONES QUE VAN A VENIR.
¿VALE, KEI?

SEVEN
酒 たばこ
銀行ATM
nuts

Coff
Do

CLANC
LA PRISIÓN TIENE UNA ÚNICA ENTRADA.
ESOS TÍOS PARECE QUE VAN A LO BRUTO.
ATACARÁN DE FRENTE.
LOS TENDRÉ A TIRO DESDE ESE EDIFICIO.
TÚ CONCÉNTRATE EN CORTARLES EL PASO SI SE ACERCAN.
¡A LA ORDEN!
TRANQUILA, TE ESTARÉ CUBRIENDO LAS ESPALDAS.

¿QUIERES QUE VAYAMOS A TOMAR ALGO DESPUÉS DE ESTO?
MIRA.
NADA, OLVÍDALO...
DAHLIA...

NO HAY NI UN ALMA POR LA ZONA.

SI ALGUIEN QUIERE LIARLA GORDA...

...TIENE MI
PERMISO.

ES COMO
UNA FOSA GIGANTE.
NO PUEDE HABER...
...SOLO UNA ENTRADA.

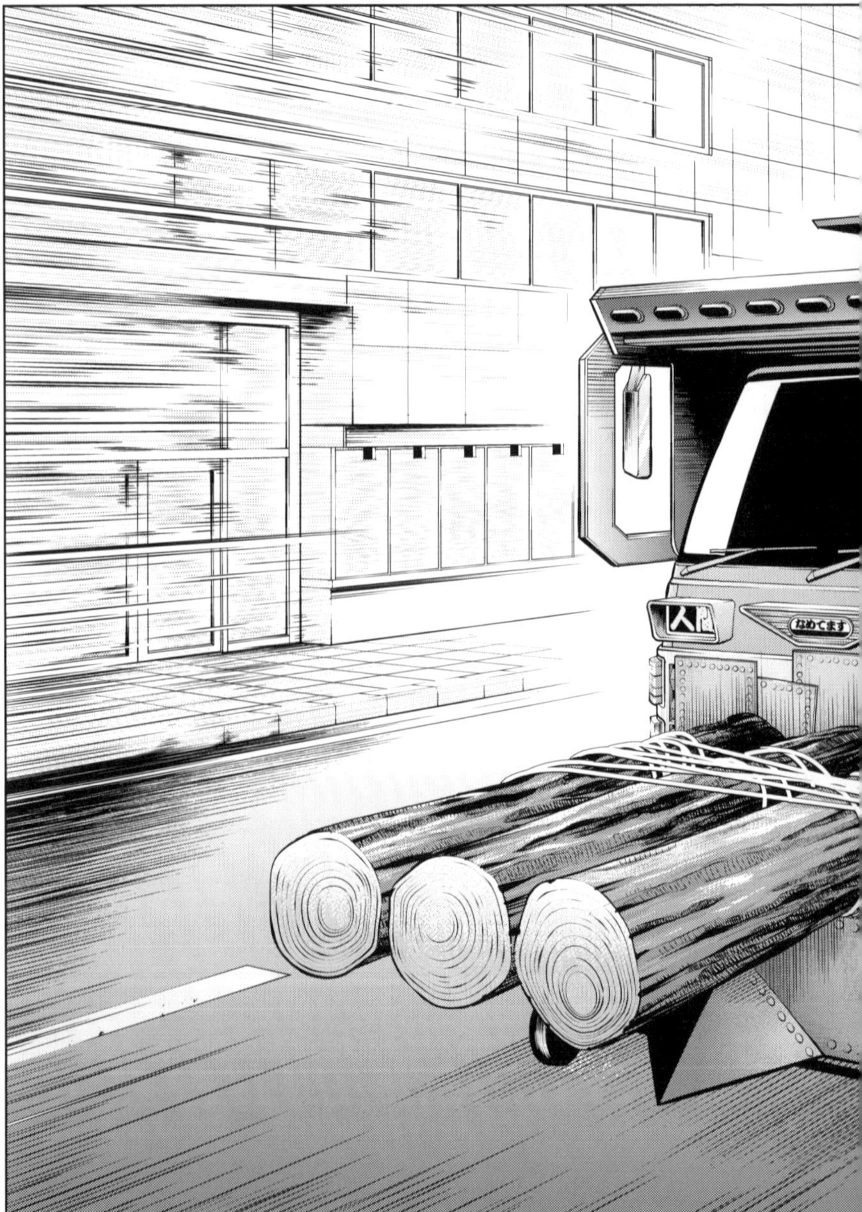
人
なめてます

CONTINUARÁ...

EPÍLOGO

ME...
MUEEEE...
...RO
POR TENER UN GATO.
¿UN GATO?
¿QUIERES TENER UN GATO?
EL PROBLEMA ES QUE EL CASERO NO ME DEJA.
INTENTARÍA COLARLO SIN QUE SE DIERA CUENTA, PERO LOS MAULLIDOS...
HAY QUE SER SÁDICO PARA TENER UN ANIMAL EN CASA.
ES UNA MANERA DE HACER LO QUE QUIERAS CON UNA POBRE CRIATURA QUE SE PASARÁ TODA LA VIDA MIRÁNDOTE COMO SI TE ADORARA.

E... ¡ERES LO PEOR!
¡YO NO QUIERO QUE MI GATO ME ADORE!
YA, CLARO, PORQUE QUIERES UNA RELACIÓN DE IGUAL A IGUAL...
¿EN SERIO? ¿ME ESTÁS DICIENDO QUE NO HAY NINGUNA DIFERENCIA ENTRE UN PERRO, UN GATO Y UN SER HUMANO?
ぐう
¡HMPF!
タン
CLOC
ADEMÁS,
¿QUÉ ES ESO DE INTENTAR COLARLO SIN QUE SE DEN CUENTA?
SI NO ERES CAPAZ DE CUMPLIR CON LAS NORMAS MÁS ELEMENTALES DE LA SOCIEDAD, ¿DE VERDAD CREES QUE DEBERÍAS PONER LA VIDA DE OTRA CRIATURA EN TUS MANOS?
YO NO QUIERO SABER NADA.
ぐう
¡HMPF!
ME HAS HECHO REFUNFUÑAR.
TE CONOZCO, MIRA QUE TE CONOZCO... PERO ME HAS HECHO REFUNFUÑAR. NO UNA. DOS VECES.
¿SABES?
YA NO QUIERO UN GATO. YA NO QUIERO NADA.
しゅん
CHOF
...

PERDONA.
ESTABA REPITIENDO LO QUE VI AYER POR LA TELE.
NI SIQUIERA ERA UNA CONVER-SACIÓN. CREO QUE INTENTABA HACERTE RABIAR...
TAC
NUG
PER-DONA...
NI HABLAR.
POR FAVOR...
Demy's
Restaurants
TE AGUAN-TAS.

EPÍLOGO (FIN)

AKAME GA KILL!
GUIÓN: TAKAHIRO DIBUJO: TETSUYA TASHIRO

¡DESCUBRE A LA ASESINA DE OJOS ROJOS MÁS ESPERADA!

Tatsumi viaja a la capital en busca de fortuna, pero tras caer en manos de unos indeseables un grupo de asesinos encabezado por Akame le rescata. Su sentido de la justicia se resiste a trabajar con el Night Raid, esos criminales asesinos, pero al ver la corrupción del gobierno y cómo hacen oídos sordos a las necesidades del pueblo, decide que podría estar bien unirse a ellos para luchar contra la injusticia...

Violence Action vol.2

Norma Editorial, S.A. Passeig de Sant Joan,
7, principal. 08010 Barcelona.
Tel.: 93 303 68 20 - Fax: 93 303 68 31.
E-mail: norma@normaeditorial.com
Traducción: Maite Madinabeitia
(DARUMA Serveis Lingüístics, SL)
Realización técnica: Double Cherry
Corrección: Sergio Colomino
Depósito Legal: B 14906-2019
ISBN: 978-84-679-3778-7

Printed in the EU